Título original en italiano: *La vera storia dei bonobo con gli occhiali*

L'Histoire vraie des bonobos à lunettes © Actes Sud, Francia, 1999, 2008

© de la traducción: G. Tolentino, 2013

© de esta edición: Kalandraka Editora, 2013

Rúa Pastor Díaz, n.º 1, 4.º A - 36001 Pontevedra
Tel.: 986 860 276
editora@kalandraka.com
www.kalandraka.com

Impreso en Gráficas Anduriña, Poio
Primera edición: septiembre, 2013
ISBN: 978-84-8464-831-4
DL: PO 345-2013

ADELA TURÍN   NELLA BOSNIA

LA HISTORIA DE LOS BONOBOS CON GAFAS

kalandraka

Hace muchos, muchos años,
los bonobos vivían en un bosque de manglares.
Estaban siempre muy ocupados mascando
frutas y bayas, nueces y semillas, raíces y brotes,
que las bonobas recogían durante todo el día
para ellos y para los bonobitos y las bonobitas.

Los bonobos, encaramados sobre los árboles,
parloteaban sin descanso, comían ruidosamente,
batían palmas y golpeaban los troncos.
El escándalo que hacían llegaba hasta muy lejos,
y sus vecinos, los pangolinos y los lorilentos,
aficionados a la siesta, se lamentaban
amargamente.

Un día, aburridos de repetir siempre lo mismo, los bonobos decidieron instruirse.

Después de días y días de discusiones, votaciones, deliberaciones, conclusiones y decisiones...

los cuatro bonobos más guapos
partieron hacia Belfast para aprender inglés.

Los bonobos que se quedaron continuaron parloteando
y comiendo frutas y bayas, nueces y semillas,
raíces y brotes que las bonobas recogían para ellos.

Y un buen día, los cuatro más guapos regresaron de Belfast.
Todos ellos tenían gafas y traían una maleta negra.

Los cuatro bonobos con gafas
se subieron al árbol más alto
y durante todo el día pronunciaron palabras extrañas
que nadie conocía ni comprendía:

–¡Full! ¡Stop! ¡Ring! ¡Black! –gritaban.

Y los demás bonobos escuchaban atónitos
y con admiración.

Los cuatro bonobos con gafas comenzaron a enseñar
las nuevas palabras. Las bonobas les daban doble ración
de frutos y bayas, de nueces y semillas, de raíces y brotes,
y los otros bonobos aprendían aquellas palabras extrañas.
Después les hacían un examen y quien supiese
las cuatro palabras era premiado con un par de gafas,
sacadas solemnemente de las maletas negras.

Pasado algún tiempo, todos los bonobos llevaban gafas,
y todos gritaban las palabras aprendidas:

—¡Full! ¡Stop! ¡Ring! ¡Black!

También las bonobas escuchaban las lecciones,
y también aprendieron las palabras.

Pero los bonobos no les daban gafas,
porque era costumbre que las bonobas llevasen un pañuelo
que les cubría la cabeza y las orejas.
Y así era imposible que las gafas se sostuviesen en su sitio.

Algunas bonobas intentaron quitarse el pañuelo para poder
colocarse las gafas, pero las risas y las burlas de los bonobos
fueron tales que enseguida volvieron a ponérselo.

Y los bonobos decían:

—Mejor así, si las bonobas se dedicasen a aprender las palabras, ¿quién recogería las frutas y las bayas, las nueces y las semillas, las raíces y los brotes para nosotros y para nuestros hijos?

Un día, las bonobas se cansaron de recoger frutas y bayas,
nueces y semillas, raíces y brotes, y también de oír
las cuatro palabras que ya sabían de memoria
y que comenzaban a aburrirles.

Y decidieron cambiarse de bosque para poder hacer
solo lo que deseaban hacer.

Una bonoba plantó flores alrededor de los árboles,
otra plantó hierbas aromáticas que perfumaron todo el bosque.
Una tercera hizo una flauta con una caña y aprendió
a tocarla tan bien que los pangolinos y los lorilentos
disfrutaron de maravillosas siestas,
arrullados por aquella música.

Otras cuatro bonobas trabajaron juntas
para montar hamacas y poder dormir al fresco
en las noches de verano, y otras tejieron
colchas de cáñamo para cubrirse
en las noches frías.

También hicieron mamparas para los días de viento,
paraguas para los días de lluvia,
juguetes para los bonobitos y las bonobitas.
E instrumentos musicales cada vez más complicados
y melodiosos.

Aquel bosque se transformó en un lugar
hermoso y confortable, tranquilo y perfumado por las flores
y las hierbas, alegre gracias a la música y a los juegos.

Las bonobas y sus hijos recogían juntos
las frutas y las bayas, las nueces y las semillas,
las raíces y los brotes, cada uno para sí
y todos para los más pequeños.

Mientras tanto, los bonobos con gafas, hambrientos, tuvieron que bajar de las ramas para buscar comida.

Al principio, por falta de costumbre,
la búsqueda de nueces y frutos, de semillas y raíces,
de bayas y brotes, les ocupó mucho tiempo.

En silencio, y después de haber abandonado las gafas que les dificultaban el trabajo, pasaban el día entero buscando alimentos.

Poco a poco las palabras fueron olvidadas, la hierba creció
y la lluvia cayó sobre las maletas negras y las gafas rotas.

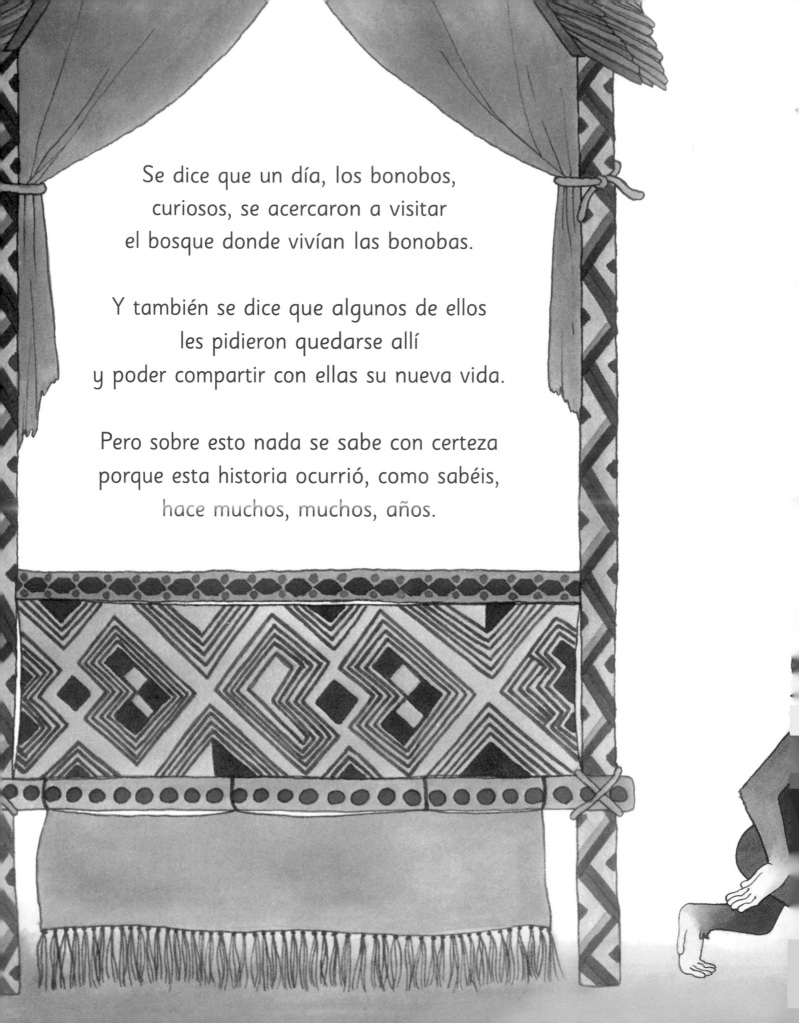

Se dice que un día, los bonobos,
curiosos, se acercaron a visitar
el bosque donde vivían las bonobas.

Y también se dice que algunos de ellos
les pidieron quedarse allí
y poder compartir con ellas su nueva vida.

Pero sobre esto nada se sabe con certeza
porque esta historia ocurrió, como sabéis,
hace muchos, muchos, años.